어떤 남자, 둘

어떤 남자, 둘

윤지a 지음

몽트

남자, 하나

　네 번의 천 일 동안 만들어진 그에 대한 나의 감정을 표현하였습니다. 잠시 스친 적도 없었지만, 동시대를 살았던, 내가 알고 있는 남자 중 가장 멋진 남자. 이 남자에 대한 확신은 찰나도 흔들린 적이 없었습니다. 별빛이 아니라 직접 별을 보았기 때문입니다.

남자, 둘

　십여 년 전, 라디오에서 그*를 처음 보았습니다. 좀 경망스러워 보였지만 그의 의지는 묵직해 보였습니다. 그 후로 오랫동안 그는 첫인상처럼 살고 있고, 이후로도 그는 오랫동안 그렇게 살 것입니다. 그래서 나의 미천한 언어를 그에게 헌사함을 주저하지 않습니다.

---

* 당시 성남시장

• 목차

제 2장 그와 사람들

제 3장 이별

제 4장 전쟁

제 5장 일상

PART I

그와 그

당신과 재명

당신이 갔습니다
네 번의 천 일도 갔습니다
머릿속 당신은 아직 가지 않았지만,
어제 당신을 닮은 듯한
'당신'을
보았습니다, 걸음을 멈추고
다시 보니
닮지 않았습니다, 닮지도 않았는데
당신의 길을 걷고 있었습니다
닮지도 않아서
왜소해 보였는데, 닮지도 않아서 더
초라해 보였는데
당신처럼 웃고 있었습니다
당신처럼 울고 있었습니다

그는 그런 사람입니다

어둡고 싸늘한,
눈여기지 않는,
외면 받아 외로운
낮은 곳에서
높음을
지탱하는
우리들이, 자신보다 높은
눈길과
자신보다 더 깊은
따뜻함을 받아야 하는
당연함
이 당연함으로 가는
생각의 열쇠를
찾는 길을
표정, 그 웃음의 표정으로
일군 사람
그렇습니다, 그는 그런 사람입니다

그의 삶은

사람이고자 했습니다
사람, 그 이상도 그 이하도 아닌 사람
그 자체로서의 사람이고자 했습니다
사람에 이르는 길,
그 길로 가고자 했습니다
그의 삶은
그 길에 대한 열망이고
그 열망은 식지 않는 눈물 같은 핏물이었습니다
그 뜨거움과
그 핏물
좀처럼 닿지 않는 사람에 이르는 여정이었습니다
그가 우리와 함께 사람됨에 이르려는 갈증이었습니다
목마름을 넘어서는 자기 안으로부터의 끌림이었습니다

그의 삶은 2

옳음을 말한 것
마음속 그대로의 옳음을 말한 것
마음속 그대로에서 명징함을 더하여
옳음을 말한 것
옳음을 싫어하는 옳지 않음의
올가미에 대한 두려움으로 몸서리쳐지더라도
옳음을 말한 것
옳지 않음의 바다를 먹구름으로 뒤덮고
일순 바다를 쪼갤 힘으로
천둥벼락이 되어
옳음을 말한 것
더 큰 것이 옳음이라는 것을
더 넓은 것이 옳음이라는 것을
더 깊은 것이 옳음이라는 것을
그래서 옳음이 더 오래 간다는 것을 말한 것
더 작아지고 더 좁아져서 모두가 괴로운 것의
옳지 않음을 누르고
옳음을 말한 것

황소의 심장

황소의 심장을 가지고 태어난
가난한 집의 병약한 아이는
어릴 적부터 풀만 먹고 자랐다
백성이라는 풀만 먹고 자란 병약하던
아이는
제 몸속 황소의 심장을 태워 만든 재를
풀에게 주었고
풀은 바람 불어도 흔들리지 않는, 풀 같지 않은
풀이 되었다

돌비

그의 길은 붉은색
그의 길은 무거운 붉은색
갈수록 더 붉어지는 길, 그러다 검붉어지는 길
가슴통의 울음이 기어 올라오는,
그 울음이 지칠 때 웃음이 살아나는 길
웃으면서도 다시 울 준비가 돼야 하는 길
꽃비 오는 길처럼 보이는 길 그러나,
돌비 오는 길 또,
영원히 돌비만 오는 길

당신에 대한 그리움

당신에 대한 그리움은
가슴에서 이상한 뜨거움 되고
이것이 더 뜨거워져 가슴 바깥으로
터져 나올 것 같습니다

그리움은 감정을 침잠시켜
노곤한 육신을 잠들게 하지만
당신에 대한 그리움은
잠든 육신을 새벽부터 깨워
밖으로 뛰쳐나가게 만듭니다

밖으로 나가서도
이 증상을 진정시키지 못할 때
사람들을 만나게 됩니다
작은 증상이 모여 큰 증상이 되고
이내 큰 강이 되기도 합니다만

왜 이럴까요
우리는 왜 이럴까요
당신에 대한 그리움의 깃털 속에는
마르지 못할, 피멍 같은 우리의 피눈물이
숨어 있기 때문입니다

그의 심장

십자가를 짊어졌던 사람 아니다
심장의 사막에서 솟아나는 소리
그 소리에 감히 귀 기울인 사람
팽창하는 심장을 용감하게 용납하고
그 심박을 응시한 사람
지순하여 박애하지만
십자가를 짊어졌던 사람은 아니다

감히 가슴의
그 소리를 따라 직진한 사람
살갗과 혓바닥의 소리를 거부하고
오직 제 가슴의 소리를 따라서
걸어서 걸어서 먼 곳까지 간,
자신만의 심장을 가졌던 사람

그의 강

연꽃 피는 연못에 머물지 않고
스스로 강이 된 사람
사막을 건너기 위해
사막을 건너는 배를 띄우기 위해
스스로 물결이 되어
배 밑으로 들어간 사람
언젠가는 모래알 구멍으로 사라질 강
영원한 강이 아님을 알고도
스스로 강이 된 사람
뜨겁고도 뜨거운
모래밭을 걷다가
새가 될 수 있었지만
뜨거움에 덴 자국 그대로를
드러내고
'사람 사는 세상이 돌아와'를
부르며
스스로, 사람의 배를
띄우는 강이 된 사람
이마의 주름살 그대로
장난꾸러기 같은 얼굴 그대로
천둥 같은 노여움의 목소리 그대로

강이 된 사람
사람을 사람의 세상으로 보내고
모래알 사이로
하염없이 사라진 사람, 그리하여
모두의 안락을 위하여 자신의 안락을
증발시킨 사람

그로부터의 가을

가을 공기가
폐부에 들어와
내장이 투명해집니다
귀뚜라미 소리가
귓구멍으로 파고들어
뇌 속이 불란(不亂)해집니다
이제 여름과 이별했습니다
새로운 겨울이 오기 전
계절로부터 자유로워져
나는 청명해집니다
아! 맞다
가을이었습니다
그는 가을이었습니다
감이 익고
벼를 거두고
추석 산적 부치는 냄새나는
가을
난류와 한류가 뒤섞인 바다 어장에
온갖 물고기가 뒤섞여 살아가듯
살아가는 그런 곳에서
새 옷을 해 입고

새 신발을 사 오던
그런 날이 있는
가을,
가을 같은 남자였습니다
오월의 꽃잎이 흩어지던 날이 있었지만
가을로 돌아와
귀뚜라미 소리로 휘파람을 부는 그를
뒤늦게 느낍니다
그로부터의 가을을 느낍니다

원진레이온[*]

우리 아빠 좀 살려 주세요
차창에 매달려 절규한 딸의, 아버지는
굵은 눈물을 마비된 안면으로 흘려보냈다
깊은 안타까움에 가슴이 달아오른다
이 달아오른 가슴이
끝내 식지 않기를 바란다
이 달구어진 나의 가슴이
끝내 식지 않기를 바라고 또 바란다

---

* 1966년에 설립한 비스코스 인견사 생산 공장. 일부의 노동자가 이황화탄소에 노출되어 직업
병을 얻음. 1988년 노무현 의원은 원진레이온의 유독가스 피해 진상조사반을 구성함.

그의 한 방울[*]

눈물로 시작되었다
그때 그 한 방울로 시작되었다
안면 마비 노동자의 굳어 버린 표정과
우리 아빠 좀 살려 주세요, 하며
소리 지르던 그 딸아이의
미쳐가는 목소리에
떨구어진 한 방울

그 한 방울이 그의 기억 속에서
식지도
마르지도
사라지지도 않았다

---

* 원진레이온, 1966년에 설립한 비스코스 인견사 생산 공장. 일부의 노동자가 이황화탄소에
노출되어 직업병을 얻음.

무한

길이 멀다고
끝을 생각할 때는
더욱 길이 멀다
맞으며 걸었던 길이라
더욱 길이 멀다
맞다가 지칠 때라
더욱 그의 길은 멀었다

한 번도 쉬지 않고 걸었던
당신의 걸음과 걸음이 나의 입과 코에 닿는다
왜 그리 바쁘게 발을 놀렸던가요
왜 그리 심장의 수축을 멈추지 않았던가요

신발 한번 벗을 겨를 없는 길임을
익히 알았던 당신, 발가락이 짓이겨지는 길임을 익히 알았던 당신
그러나 무의미한 발자국의
무한을 보았던
당신

페이지

그냥 보면 모릅니다
첫 페이지에서 끝 페이지까지
읽어야 조금은 알 수 있습니다

말로 표현할 수 없는
가슴에서만 맴도는 이 뜨거움의 박동
바쁜 자들에게 보일 수 없어 미칠 것 같습니다

다시 그의 첫 페이지에서 끝 페이지까지
읽어야 합니다
한마디로 말할 수 없어서
장황하여 스스로가 참괴한데
바쁜 자들의 꼭뒤에 소리소리를 지릅니다

그의 페이지에 대한 나의 눈동자는
분명, 분명하지만
이 분명이 바쁜 자들의 괴설 한 마디에
참혹히 무너져 버립니다

당신의 첫 페이지를 다시, 그리고 다시
읽어야 합니다
끝까지 끝 페이지를 읽어야 합니다

밝은 눈 총명한 머리

고마운 사람에게
너무 고마운 사람에게는
너무, 고맙다는 말을 하지 못한다
가슴과 목 사이 어느 곳에
고맙다는 말보다 더 뜨거운
샘물 상자 하나가
걸려 있어 말이 지나가지 못한다

흔하고도 값싼 악수 한 번
안 한 사이에
무엇이 그리 고맙기에
그에게 나는 고맙다는 말조차도 못할까
밝은 눈, 총명한 머리로도
그 무엇을 말로 하기
힘드네

어떤 남자

볼품은 없는데
목소리는 천둥소리를 닮았다
꼴은 초라한데
가슴은 바다 가슴이었다

천둥이 쳐서
한 해 농사가 풍년이 들었고
폭우 속에서도 바다로 나간 어부들은
자식들에게 줄 고기를 잡을 수 있었다

이성복의 서해

밋밋해,
가르치면서 생각을 했었지
육사의 시도 만해의 시도 아닌
시 같은 시

그러던 시가,
문득 답을 주었다

한 번쯤은 그곳에 갔어야 했다
참 좋아해, 하고
말하면서도
한 번도 가지 않았지
남방식 고인돌 형태의 너럭바위 앞에
한 번도 가지 않았지
그 마을 근처도 가지 않았지

어느 날
하꼬방 같은 곳에서 정규직의 꿈을
아이들의 머릿속에 밀어넣고 있을 때
시가 내게 해답을 주었다

아직 서해엔 가 보지 않았습니다
어쩌면 당신이 거기 계실지 모르겠기에,

그곳 바다인들 어느 바다와 다를까요
검은 개펄에 작은 게들이 구멍 속을 들락거리고
언제나 바다는 밀리서 진펄에 몸을 뒤척이겠지요

당신이 계실 자리를 위해
가보지 않은 곳을 남겨 두어야 할까 봅니다
내 다 가 보면 당신 계실 곳이 남지 않을 것이기에

내 가보지 않은 한쪽 바다는
늘 마음속에서나 파도치고 있습니다

자유

비난을 받고 굴종을 겪으며
어린 시절을 보냈던 그는
거인이 되었지만
거산이 되었지만
또 다른, 새로운 비난과 굴종 속에서
오직 온전한 자유를 얻다

농부와 노동자의
삶으로부터 뛰쳐나가야 했다, 그래서
한참을 이것들부터 멀어졌다, 그러나 이내
그들의 삶 속으로 스스로 뛰어들어
다시 한 번 온전한 자유를 얻다

땀

굴복되는 세상은 없다
세상을 굴복시키려는 무모함은 애초
그의 눈빛에는 없었다
뙤약볕 운동장*, 귀 막힌 자들을 향한 외침
그의 눈에서 흐르는 것은
눈물이 아닌 땀
세상을 설득하려는 지난한
시간의 땀
땀은 말했다
바다를 향한 강물은 지치지 않습니다

---

* 2000년 부산 북강서을 합동 유세장

PART Ⅱ

그와 사람들

그의 친구

슬픔을
액체로 흘려보내면 알코올처럼
사라지지만
탁탁거리는 고체로 만들어
가슴통 안에 넣고 있어서
눈빛에서 파란 불꽃이
언뜻언뜻 비친다
고요한 표정 속에 에이는
그 슬픔의 덩어리
영원하여
사라지지 않은 채
그가 가던 길을 영원히
잇는다
하늘의 눈을 다 녹일 듯한
식지 않는 슬픔으로 끝나지 않는 걸음을
걸어야만 하는 운명의
파수꾼이 되었다

맛, 재명

슬픔의 맛을 압니다
기쁨의 탄산을 마시고 싶어서
애태우던 삶 속에서도
슬픔의 달디단 단맛을 잊지 않았습니다
그래서
참을 수 있었습니다
그래서
지금보다 더 슬퍼질 수 있습니다
떳떳하게 죽이려는
칼날도
다감하게 짓이기려는
패악질도
슬픔의 단맛에만 편향된
그의 식욕을 떨어뜨릴 수는
없습니다
값싼 눈물 몇 방울로는 그의
깊고도 검푸른
슬픔의 맛을
상상하기가 벅찹니다

불, 재명

그는 장작입니다
한오백년 같은 하루의
쓰임으로 태워지는 장작입니다
불을 쬐며, 흐르는 눈물을
떨어뜨릴 수 없습니다
태워지기에 장작인
그가 더 타도록
고혈을 흘려 넣어야 합니다
더 타서
더 태울 수 없을 때
그는 비로소
호수면의 이불을 덮고,
백색의 잿빛이 된 평온을 베고
누울 수 있습니다

칼, 재명

싸우려면
칼이 되어야 합니다
여기
작은 돌부리로 태어나
큰 칼이 되고 있는 이가
있는데

뾰족하다고
침을 뱉는 겁니까
날카롭다고 그가 내미는 손을
망치로 두드리는 겁니까

칼이 없어 자식들을 굶겼던,
칼이 없어 자식과 바닥을 기던
핏물의 기억이 지금도
우리의 흉곽 속에서 울고 있습니다

유시민

강하다
누굴 닮았다
누굴 닮지 않았다 하여
욕을 퍼부은 적이 있다
너무 부끄럽다

즐겁게 산다 하여
욕을 퍼부은 적이 있다
졸렬했다
즐거움을 접을 줄 아는 즐거움을
갖고 있다, 역시 그와 닮았다

죄송하다
웃음 속에 피눈물을 감추고 있었고
어둠 속에서도 그의 빛을 품고 있었다
계승하여 더 강하고, 때를 아는 사람이다
값싼 슬픔에 도취된
내가 더럽다

그*의 딸

뱃속에서 발을 굴러 응답하던 생명의 싹
빛나던 눈동자로 얼굴을 만지고
가슴을 마음의 호수에 빠뜨리게 하는 나의 딸

그런데
그의 딸아이가 간교하게 해코지 당하고 있다
묵묵한 슬픈 빛이 그의 얼굴로 내린다
사람과 세상을 걱정했던 그의 마음에 쌓이는 생채기

일찍 깨닫고 실천하여 먼저 슬픔에 빠진 그
모두가 가해(加害) 받지 않는 세상을 꿈꾸어서
먼저 가해 받는 참담의 역설, 그러나
지금도 그의 딸과 그는 견디고 있다

---

* 2019 법무부 장관

그와 금원

슬펐는지는 몰라도
오열과 통곡을 했는지는 몰라도
치떨리어 괴로워
몸이 타들어 갔는지는 몰라도
그들의 하늘에 먹구름이 낀 날은 없었다
한 번이라도 찌뿌둥한 먹장구름이 낀 날은 없었다

주제넘게,
장사꾼이 이익을 생각하지 않아서
정치꾼이 권력을 돌려주어서
그들은 슬픔을 당했지만
더 뜨거워졌고
울어서 불 되었고,
그래서
눈물의 흔적도 사라져 버렸다

그녀의 이름, 가을의 아름다움을 사랑하다

그녀는 보았다,
그가 놓아두고 간
빛을

그녀는 지니고 있었다,
그가 두고 간
은근하여 더 맵싸한
채취를

나는 보았다,
그가 마셨던 술 한 잔을 들고
그의 채취와 그의 빛을
손에서 놓지 않는 그녀를

바람이 부는데도 나는 목도했다,
태풍의 목 졸라 버릴 것 같은
그의 똑바름 같은
그녀를

또 내 가슴을

옆 테이블에서
그녀*의 머리를 총으로 쏘고 싶다고 말합니다
쌍화차를 마시며,
다시 한 번, 그녀의 머리를 총으로 쏴 버리고 싶다고 말합니다
천년의 고도에서 웃으며
가을바람이 머물고 가을 꽃잎의 향기가 공기로 밀려 나갈 때,
꼭, 그녀의 머리를 총으로 쏴 버리겠다고 말합니다

가슴을 치며 그들을 봅니다
그들의 머리에 괴물이 뚫어 놓은 구멍을 보며
또 가슴을 내리칩니다

---

* 2020년 법무부 장관

데칼코마니

그가 말했다
우리를 생각하며
자신 있게
자신만을 말했다

그들이 말했다
자신만을 생각하며
왜정 때부터
우리를 말했다

슬픈 아

40여 년 전 청문회를 보던 엄마가
그거참 못-됐다고 말했다
3일 전, 술은 마시고 담배는 약간 피우는 비정규직의 노년이
정치에서 노력하다가 실패했고 그래서 죽었지 뭐! 하고 말했다

옛날이나 지금이나 나는
"아!"
라는 탄식밖에는 할 말이 없구나

나는 예나 지금이나 여전만 할 뿐이다

온전한 자유의 냄새

공기의 알갱이와 알갱이를 건너서
전해 오는 그의
냄새

슬픔의 바다를 외로이 항해하던 그의
등줄기에 흐르는 땀
그 냄새가
코끝을 스치다가 귓불을 만지다가
나의 등 뒤로 떠나 버렸다

슬픔으로 퍼지던 놀을
바라보며, 그는
슬픔의 바다를 건너 멀리 가 버렸지만
멀고 먼 온전한 자유의 바다로 가 버렸지만

피부를 훑는 자유의 냄새가
내 가슴속 심장을 툭 치고 올라와
머릿속에서 바람으로 불고 있다

그의 알림

집을 주고
쌀을 준다
함은
새빨간 거짓말이어라
그럼
당신은
우리에게
무엇을 주시려 하시옵니까
'당신'의
주인이
당신임을 알려 드리리라
모두의
집과 쌀이
있는 곳을
알려 드리는,
순간의
별빛이 됨이
'당신'의 길임을 사뢰리라

한결같음

산이 있다
산맥이 있다
강이 있다
강줄기가 있다
땅이 있다
땅 위에 땅보다 넓은 바다가 있다
그가 있다
그의 속에, 가득한 한결같음이 있다
그 한결같음의 끝에
그의 이룸이 있다

유튜브, 가객

이의 있습니다, 토론을 원합니다
광주에서 콩이면 부산에서도 콩이어야 합니다

참 고맙네, 이국의 어느 사람이 만든
유튜브, 참 유익하네

어떤 거친 남자가 있었네
일종의 파이터지
매일 지기만 할 것 같은
이종(異種)의 파이터였지

유튜브 참 좋다
매일이고 언제고
이종의 파이터를 다시 볼 수 있어서
보다 보니
요즘 알았네, 파이터는
시인이었네
찬연한 노랫말을
낭랑하게 튀어 오르게 하는 가객이었네

PART Ⅲ

이별

노을

등려군의 노래를 듣습니다
한없이 부드럽고 달짜근하여
한없이 귓속으로 파고듭니다
가슴에 쌓이고 또 쌓이고
쌓임이 겨울 때
코끝이 엄연히 아파 옵니다
아픔으로
더 뜨거워진 그리움이
두 개의
물줄기로 변할 것 같습니다
해가 집니다
당신도 졌습니다
지는 해를 봅니다
져 버린 당신을, 노을로 눈을 씻고
다시 보려 합니다

이별, 초대

헤어졌습니다
갑작스러운 이별이었습니다
언젠가, 웅크린 이별에 대한 더러운 기분이
있었습니다만
무심한 듯 무시했는데
종당에
철근으로 된 이별이 가슴 바닥으로 쿵 하고 떨어졌습니다

이별은 이별입니다
오히려
새퉁스럽지 않습니다
어쩌다 슬퍼지려면
새어 나오는 흐느낌도 참아야 할 때입니다

오늘은 이별이지만
오래전에
그의 안으로부터 초대를 받았습니다
오늘 오후라도 초인종을 누른다면
가슴이 꺼지는 느낌으로
그를 다시 만날 것입니다

흘릴 때

그가
바른말을 합니다
속 깊은 두려움을 딛고
바른말을 합니다, 곧
맞아 으깨져 버립니다, 가까이서 보는
우리의 몸뚱이에 겁이 확 퍼집니다
주둥이를 동여매고서
억울한 뒷모습으로 살아갑니다만
혹여
말이 가슴속에 꽉 찬 이가
안락의 테이블을 망각하고
바른말을 합니다, 여지없이
피투성이가 됩니다
눈부신 피를
뭉근하게 흘립니다,
후-쉬어지는 숨 속에서
이제는
우리가 흘릴 때인가!

용기

새가 난다
어찌해서 난다
나는 서서 나는 새를 본다
엄두도 안 나는
낢을 보며
무엇으로,
무엇으로
떨어짐으로 이루어진 빈 곳에서
떨어짐을 잊을 수 있나 하며, 나는 서서
나는 새를 지긋하게 본다
바쁘다
떨어짐보다 바쁘게 떨어짐을 디디고
산 너머 땅을,
서 있는 우리에게
금 간 부리로 말한다

그의 혁명

무엇이 최선인가에 골몰했다
생각과 생각, 그리고
말하고 소리치고 행한 끝은
당연한 말 한마디만이
동전처럼 소리를 내며 떨어진다
최후는 시민이란 그의 말
당연해서 힘이 빠졌다

어떤 이는 고독을 보았고
어떤 이는 피 냄새 같은 것을 맡았다고 한다
그러나 이것은 참 단순타
그러나 부메랑이 아니라
화살이 되어야 하는,
이것은 당연한, 그의 혁명이자 우리의 혁명이었다

민들레

칼날 같은 언어의 잔치
가슴을 핏물로 적시게 하는 혀와 입술의 교합 속에서도
민들레는 하얗게 웃는다

감히 웃어, 하며
민들레의 들판을 폭력의 열차로 밀어버린다

민들레는 홀씨를 날린다
들판 가득 홀씨가 날아간다
멀리멀리
짓밟힌 민들레가 웃는다
하얗게 웃는다

슈퍼스타 2

아시타*가 아기를 보고 눈물을 흘렸다고 했다
"훌륭한 왕이 아니라 밤하늘의 별이 될 것입니다"라고 말하고는
그 빛을 보지 못하는 것이 슬프다고 했다
그러나 후대인들은 그 빛을 보았다

---

* 진리의 바퀴를 굴릴 석가모니의 탄생을 예언한 사람

별이 지다

당신이라는 별이 졌다고 하네
안타까운 별이 안타깝게 졌다고 하네
별빛을 보고 싶어도
별빛을 눈에 넣고 싶어도
암흑에 잠겨 버렸다고 하네
소리 내던 별,
비 오는 날에는
천둥소리를 내던 별이
이제는 귓속을 울릴 수 없다고 하네
모두가 모두에게 그렇게 슬프게 말하네

별이 지던 오월의 오후, 먹먹하게 화창하던 날
모두의 머리에 떨어진 별이 박히던 날
너무 아프게 박혀
통증조차 얼어 버리던,

머릿속에 별을 두고
별이 사라졌다고 말하네
머릿속에 별을 넣어 두고
지금도 그리워 그리워 별을 더듬으려고 하네

PART Ⅳ
_____

전쟁

빛의 멸균

아, 왜 이리 표독의 공격적 용감인가,
솜뭉치에 스민 빗물 같은 의뭉의 짓이김인가
능변의 뱀 혀가 세 갈래 네 갈래의 소름으로 피부를 핥는다
이것은 믿음의 공격,
그가 비열의 공격자가 아니라는 믿음
그 믿음의 융단 위에서 펼치는 극한의 공격

오직 공격은 그 종족의 길이고
그가 피투성이로 쓰러짐이 그 종족의 희열
희열에 차서 상한 눈동자
하늘이여 보는가, 보이는가

빛이 비친다
수만 갈래의 빛이 하나로 모여
심장을 쪼그라뜨리고 태워서
종멸의 대단원으로 인도할 것이다
빛의 멸균은 시작된다

분노

오늘은 들꽃이 짓밟힌다
내일은 풀꽃이 짓이겨진다
피 냄새로 더욱 맑은 날이다
무심하여 무섭도록 청청한 날이다
청청한 날에 홀로 서 있는 분노
으깨진다 그러나 호수가 된다
강도 되고 강줄기도 된다

정의로운 당에 대하여

비열함이 두려워
비열하지 않은 자를
고릅니다
비열하게 비난하여
비열함을 모면하려 합니다
비열한 자가 두려워 다시
비열하지 않은 자를
고릅니다
비열하게 비난하여 두려움에서
비열하게 멀어집니다
그리하여
다시
마음껏 난도질하여도
태연한 세상을 확인하고
비열하게 흔연히 존재합니다

평온, 위험

너희들은
위험하다
태곳적부터 너희들은
위험했다
어미의 자식을
어미 앞에서 죽여도
너희는 평온했다
한 가족을 갈가리 찢어 놓고도
잔상조차도 남기지 않는 너희들의 뇌
그럼에도 불구하고
너희들의 잘못이 아니다
디엔에이 속에서 오래전부터 기록되어
전하는
너희들의 물성이 그냥 한번
꿈틀거린 것
그 꿈틀거림이 잘못이고 위험인데
꿈틀거림의 미세한 진동을
알아차리지 못한
무지가 온전한 죄
위험이 없을 거라는 안온이
가장 어리석은 죄

그림자가 녹다

여행 가방에 아이를 가두어
죽게 만든 계모에게
겨울 베란다, 찬물로
아이를 살해한 의모에게
나는 옛적 노예에게 가하던 채찍을 든다
법을 넘어선 화형으로
피 말리고 살 태움을 저어치 않는다

오늘, 나의 의로운 분노는
내일을 약속하고
오늘, 우리의 합의된 질타는
나은 미래의 문에 노크할 것 같지만
어느덧
우리들의 그림자가 지워져 있다

수백의 여린 생명을, 숨어
끊어질 때까지 차가운 바닷물에
고스란히 가둔 죄, 뒤집어진 선실에서
공포와 고통이 뇌수를
파헤칠 때까지 구경만 한 죄
이 지울 수 없는 원죄가
우리의 그림자를 녹여 버렸기 때문에

저항

이것은 열쇠다
이것은 예방접종이다
이것은 백성의 알몸을 감싸는 철 외투이고
유전하는 괴물성에 힘을 빼는
마지막 맹독이다
이것은 가슴에서 머리로 이어진 숲에서
잉태되었다가
괴물성이 살점을 물어뜯는 피 전쟁 중에 태어나는 것인데
이것으로
꿈틀거리는 괴물성의
꿈틀거림을 지워 버릴 수 있으니
이것은 평온의 열쇠이고
이것은 피 전쟁의 보루이고
사람의 사람임을 지키는
파수 그 자체이다

악마

백성은 악마다
불면과 불안으로 떨리는
가슴을
얇디얇은 안면으로 감추고
새끼를 잠재우는,
만백성이 죽을 일이
닥치면
새끼를 먹이던 손으로
백성 중 죽음을 잊은 한 백성을
제물로서 피 흘리게 하는,
그 피를 나눠 마시고
새끼에게 젖을 물리는
백성은 악마다
피 흘려 죽어 가는 한 백성,
만백성의 따뜻한 배신을
가슴에 지니고
소멸로써 페이지에 한 줄의
무늬로 남는다

종편, 꾸짖다

종편서 꾸짖음으로써
섭생하는 자들의 누런 입을 본다
갑자기 헛배 불러진다

꾸짖고
또 꾸짖는다
무엇의 밑거름이 되려는지
누구를 향한 충정의 토사물인지, 달큰하다 달큰해

쉼 없다, 와우! 배턴터치로 꾸짖는다
짐승이 짖고 있는 듯하다
천하 상관없이 쏟아 내기 바쁘다
물고기의 경쟁적 토정 같기도 하다

20분 채 안 되어
내 몸통이 꾸짖음의 짓이김으로 가득하다
나는 곧 토한다
피까지 토한다

피를 선호하는 모범생

너희들
피를 좋아했구나
미안, 이해를 못했어
태고부터
너희들은 피밖에 몰랐다는 사실을,

디엔에이에 박힌 프로그램이
어떻게 해서라도 피를 보게 하는구나
어떤 남자의 심장을 찔러 피 분수를 만들고
그의 아내가 짐승처럼 살아가게
만들어서, 피를 토하게 하고
그들의 자식을 달리는 트럭으로
밀어뜨려서 신선한 피가
흙바닥에서 반죽이 되는 것을
참 많이 봐 왔겠지

너희는
피를 마다하는 법이 없고
더 크게 피를 흐르게 하여
피가 강이 되고 바다가 되기를 희원하였다
너희들의

숭고한, 피에 대한 갈망이
간교하고도 집약된 협잡을 생산했고
온몸의 온 힘을 다하는
모범생이 되도록 만들었다
그동안 몰라봐서
미안하다
그동안 이해 못 해서 잘못했다

이웃

강간범도 이웃이고
새끼 사자를 물어 죽이는 수컷 사자의
심장을 가진 자도 이웃이다
그러나 이웃은 결코 특별하게 보이지 않는다

우리의 약값을 훔치는 자도 이웃이고
찬물로 제 새끼를 죽이는 자도 이웃이다
나와 같은 나약한 자일 거라고
믿기 시작하는 순간
우리의 위태로움은 시작된다

가난한 하루 벌이의 등에 칼을 찌르고
피를 빨아먹는 자도 우리의 점잖은
이웃이다
종편서 신념을 내뿜는 자도
신문에 일필휘지의 글을 던지는 자도
알고 보면 우리의 이웃들이다

이웃 속에서 이웃을
우리의 눈과 귀로써만 찾아야 하는 이 암담함
그러나

평범 속의 특이점을 찾는 것이
진짜 이웃과 생존하는
유일점이다

지그재그

삶을 버릴 수 있는 용기
죽음으로써 삶을 지탱하는 지혜
계산된 죽음이 계산할 수 없는 삶을
지지하여,
죽음은 삶의 지그재그
삶에 죽음을 보태 버린 지그재그

12월 15일의 의견

점잖음을 버리라 합니다
바름을 버리라 합니다
그리하여
사람다움을 버리고
그것들을 소멸시키라 합니다
그리하면
이 바다만큼의 답답함에서
벗어날 수 있다고
합니다

점잖음과 바름으로 이루어진
그와,
부딪히는 답답함의 파도가
우린데
어찌 그럴 수가 있나요
어찌 그것을 내던질 수가 있나요

지루함에 겨운 끈적임 속에서도
이제 또다시
그와 우리로부터의 또 다른
시작만이 있을 뿐입니다

그의 온열

손바닥을 맞고
엎드려뻗쳐 기압을 받아서
손가락보다 머릿속에
굳은살이 생길 때
그는
무엇이 중요합니까
라는
질문을 나에게 하였다

장교의 물음에 목소리가
작다고
가슴팍을 주먹으로 맞으면서도
자책하던 나에게
그는
무엇이 중요합니까
라는
질문을 나에게 하였다

계약직이라
회식에 빠질 수 없다고
스스로 생각했던 나에게

그는
그대는 무엇이 중요합니까
라는
내 머리에 닿는, 그의 손바닥으로부터 시작된
온열을 나에게 주었다

이 남자

아, 이 남자는 무엇인가
수의의 이 남자
처량하여 더 강렬한 묵언의
시선
세상의 거벽을 짓누르는
이것은 또 무엇인가

아, 이 남자가 왜 이러했던가
부당함의 배를 가르고
부패의 그릇을 짓밟아 깨버린 발걸음으로
배고파 힘없는 자들의 동네로
돌아가 버린 이 남자의 속은 무엇인가

부당함에 고개 숙이고
부패 앞에 코를 쿵쿵대는,
피부에 굴종이 소름 돋듯
돋아 있는 우리와 무엇이 다른가
아, 이 남자 무엇으로 이루어져 있었던가

PART V

일상

친일

친일이 쓴 역사책으로
막연한 분노를 암기식으로 배웠다
배일은 정의라고 무작정 생각했지만
친척이 구해 온 일제 볼펜에는 열광했다
담임의 지명으로 반장된
백화점 아들이,
86 아시안 게임 하던 시절
일본여행에서 찍은 사진 속에는
대가리가 하얀 후지산과
까만 교복에 굳은 표정이 원래인 듯한
일본 중학생의 모습도 보였다
미묘한 역겨움과 생경한 기묘함으로 아직도
머릿속 한 페이지로 남아 있다

그 후로, 세월은
암기식 배일을 낡게만 만들었다
2010년, 시간이 변화시킨 삶이
후쿠오카행 비행기를 타게 했다
일인들의 소박한 미소에
미소를 가슴에 담았지만
2019년 아베의 난동으로,

등줄기에 흐르는 땀을 개의치 않고
사백 엔짜리 하카타우동을 만들어 내던
슴슴한 삶을
이젠 만날 수 없게 되었다

40년 전부터 역사를 배운 나는
진짜 친일을 진짜 모른다
어딘가에서 진짜 친일이
오직 혐오로만 에너지를 얻는 자들과
암중비약하고 있지나 않은지,
21세기에도 진짜 친일은 은연하기만 할 것이다

간호학 전공, 미정

어떤 삶에
어떤 답을 얻으려는
스무 살이 있었다
복지센터 외계인들에게
스스럼이라고는 1온스도 없던
미정이는
나의 20여 년에 처음 본
천사였다
다가가면 천사는
천사의 향기로 맞아 주었다
늦은 사춘기의 깜깜한 터널에서
만난 팅커벨은
이성에 대한 떨림조차도 잠재우게 했다
너무너무 수학을 좋아했다던 간호학과 1학년 미정
30여 년이 흐른 지금도
날개를 달고 있을까
연민 따윈 버리고
그들을 대하라던 미정
그런데 미정아!
연민이 없었다면 우리가
왜 그곳으로 갔었겠니

라고 반문하고 싶지만
천사를 찾을 길은 없네

첫 열병

이루어지지 않아서
가지지 못해서
예전에도
지금도
아무 사이도 아니라서
좋아
그리워했고
안타까워했고
아쉬워했고
가끔 절실하게
생각나서
좋아
나의 첫사랑
나의 선생님
수많은 푸르름 속에서
내 두 눈을 머물게 한
돌미나리, 그 향내
내 코끝에
머물러 있어서
좋아
이루어지지 않아서

이룰 수 없어서
그래서 지금이 더욱
좋아

도덕 교련 양호의 복남

베트남 전쟁 때
미군이 많이 당했다고 말씀하셨습니다
상대를 제압할 능력은
충분하지만
베트콩이 너무 얍삽해서
미군의 희생이 많았다고 말씀하셨습니다
중고가 붙어 있는 학교에서
도덕을 가르치시던 미모의 선생님
백 점을 칭찬해 주시던,
수업을 참 재미있게 이끌어 가시던
그런데
고등학교에서는 교련도 가르치시던
배 아파서 양호실에 가면 그곳에서도 계시던
활기찬 에너지의 숨결이 내 가슴에 닿던
때론 여군 장교 같은 위엄도 갖춘
미혼의 선생님
결혼이 예정되어 오랜 교정을
떠나시던 날, 손으로 얼굴을 가리고 우시던
도덕과 교련과 양호의
어느 시골 사립중고등학교의 선생님
3명의 대통령이 베트남전을 사과했고

우리에게는 수출과 관광의 베트남이 되어 버린
지금의 시대에
어떤 곳에서
어떤 모습으로 계실까

사립교원 겸 시인

그를 처음 본 건
두환이가 통치하던 시절에
위장으로
전입한 새로운 중학교에서였다
걸레가 차라리 더 깨끗할 법한
출석부 표지에 적힌 그의 이름,
아홉 구에 물이름 락
출석부만큼 더러운 교실과
더러운 교실만큼 더러운 체벌로
대도시, 100년 역사의 민족사학에 대한 기대가
유리컵의 주둥이처럼, 쩍 소리를 내며
금이 갔다
67명의 예비 머슴들이
성냥갑 속에서 질서라는 채찍에
숨죽이고 있던 수업 시간
그러나
쉬는 시간에는 그들이 배운
착취와 억압의 교육을
보다 약자처럼 보이는 동급생에게
가하던 명문사학 꿈의 교실
지구도 공전하여 꿈의 교실에도

겨울방학이 왔고
아홉 개의 물방울이라는 담임은
열심히 태권도라도 배워서
폭력으로부터 스스로를 구원하라는
주옥같은 말씀을 주셨다
다음해 봄
명문사학 국어 교사에 걸맞은
서쪽 마을의 불빛이라는 시집을
탄생시킨 그는
꿈의 교육현장에서
그 아름다운 시집을 돈 없는 예비 머슴들에게
팔기도 했다

가슴으로 보다

못생겨서 보고 싶지 않았다
관심이 없어 눈을 감았다
그런데 가끔 들렸다
그리고 가끔 피부에 닿았다
가슴에 차오르는
그 무엇

못생겨서
눈을 버리니 오히려
가슴으로 그를 보게 되었다

순간

모든 것은 순간이었다
모든 것이 순간이었음을
사라진 모든 순간을 통해 알았다
짜릿함도 뭉근함도 한 번의 빛이었다
파란 속의 파란을 걷던 그의
빛도 순간이었다
만인을 위한 그의 뜨거움도
만인에 대한 그의 웃음도
순간 속의 찰나였다
어쩌다 우리는
그 순간을 보았다
그리고 기억의 첨탑에 가두었다,
자식의 자식들에게도 물려줄 거라 생각하며

사랑을 잊음은

비가 온다
빗물의 온도가 숨결의 징검다리를 건너
피부에 미친다

아, 사랑을 언제 했던가
사랑의 낡은 기억이 기억의 창고
어디쯤에 있는가
몸의 우물 속
사랑의 물은 말라 버려
기억의 두레박이 내려가도
무엇 하나 길을 길이 없네

빗물의 온도가 내 피부를 만지며
사랑을 잊음은
무서운 거라고
살아 있는 죽음이라고
살아 있는 시체라고
익숙하게 말한다

기억의 창고를 뒤진다
사랑에 먼지를 떤다

비가 곧 등을 떠밀어서
비 오는 풀밭으로
나는 나간다

걷다

이 길로 가면 나옵니까?
어째 알까요
이 길이 맞다면
이 길로 걷는 것이 맞다면
가는 거지요
우리의 마을이 안 나올지도 모르지만
이 길이 맞다면 걷는 거지요
모두가 쉴 수 있는 곳
모두가 웃을 수 있는 시간
나오겠지요
지금이 그르지 않고
지금이 맞다면
걷는 거지요
계속 걷는 거지요
길 아닌 곳도
걷다 보면
걷다가 뒤를 보면
길이 되지요
이 길로 가면 나옵니까?
어째 알까요
이 길이 맞다면

이 길로 걷는 것이 맞다면
가는 거지요

국수

큰엄마에게는 빼어난 국수가 있었다
경쟁도 아닌 산정(算定)도 아닌
큰엄마의 국수가 있었다

대청에 앉아 밀가루를 반죽하기 시작할 때면
이미 경건한 표정이었다
흩어져 흩날리던 가루를
어떻게 설득했는지
한 울타리 한겨레가 되어
하얀 배구공처럼 둥그레졌다
이 하얀 둥근 것을
찌그러뜨리고, 다시 바로 잡고
다시 찌그러뜨리길 수회
어느새 얄따란 홑이불 되어 펼쳐진다
밀가루를 뿌리고는 이내
여러 겹으로 접어서
기차가 지나갈 듯한 고른 간격의 침목으로 썰리고
쟁반 위에서는 열병을 기다리는 병사가 되어
멸치의 영혼이 녹아 있는 온천수로 잠수한다

모처럼
저녁 밥상 위에는
누룽국수의 김이 오른다
그 미묘함의, 그윽함의 냄새는
색다른 저녁 식사의 설렘과 섞여
미각의 문을 한층 더
두드린다, 그러나
똑똑 두드리게 하던 누룽국수의 주인이
영원한 잠의 세상으로 가버린 지금
누룽국수는 머릿속 사진첩에만 영원히 남아 있다

특고 지원금

사립대 등록금이 일천만 원 넘는
시대에
GDP가 일본을 능가하는
2020의 국가에서
미군에게 주는 돈이 1조가 넘는
큰 대자 대한민국의
프리랜서 지원금, 몇 십을 받기 위해서
불법 채류자 대기소 같은 곳에서
종일을 기다렸다
하바리 직업이 증명당할 때까지
증명서를 준비해야 했고
면세의 혜택도
탈세의 기술도 없이
낼 것 내고
줄일 것 줄이면 산
루저들에게
비스킷 하나 먹기 위해
달려야 하는 개처럼
종일을 헐떡일 것을
우리의 집권 정부가
우리에게 요구했다

이왕지사
그래, 오늘은 헐떡여보자
내일은 숨을 좀 고르고
모레는 시스템의 버르장머리를
고쳐볼 궁리를 한다

작은 방

긴 담이 빙 둘러진 큰 집이 있습니다
그 큰 집에는 작은 방도 있지만 소중한 정원이 있고
그 정원에는 꽃나무와 과일나무가 있습니다
사람들은 정원만 보고 그 작은 방까지는 가지 않습니다
혹 그 방 앞에 서더라도 굳건한 방문을 열려는 마음은 어렵습니다

무거운 방문을 쉽게 열고 들어간 그는
어두운 방 가운데 작은 의자에 앉아 있는
그의 그와의 대면을 주저 없이 시작했습니다
대면이 끝났을 때, 화려한 정원을 스쳐 지나서
그는 바다 같은 사막으로 떠나 버렸습니다

떠나 버린 그를 생각합니다
돌아오더라도 그는 내일도 어제처럼 떠날 것을
우리는 알고 있습니다

몽트시선
005

어떤 남자, 둘

초판 발행일 2022년 8월 15일

지은이 **윤지a**
발행인 **김미희**
펴낸곳 **몽트**

출판등록 2012.12.20 제 2014-0000-38호

주소 **안산시 단원구 고잔로 23-12**
전화 **031-501-2322** 팩스 **031-501-2321**
메일 memento33@menthebooks.com

값 10,000원
ISBN 978-89-6989-077-1 04810
ISBN 978-89-6989-022-1 04810 (세트)